KB067876

서미정 시집

꿈을 안고 비상하는
민들레 나래

🌸 ㈜이화문화출판사

서 미 정
態園 徐美貞

- 한국화가, 시인
- 홍익대학교 미술대학원
- 화백문학 시 부문 신인상
- 한국화가, 국 · 내외 개인전 20회
- 국회평창전, 예술의전당 독도전
- 미국, 독일, 프랑스, 체코, 일본, 중국, 브루나이 등
- 초대 국제 교류전 및 국내외 전시 다수
- 영안 문학 시와 그림 이야기 2회
- 양구 인문학 박물관 시와 철학이 함께하는 그림초대전
- 초우문학회 8, 9, 10회 그림과 시화전 등
- 화백문학, 초우문학회 동인지 다수
- 서울시의회 표창장
- 한국/미주예총회장상
- 프라하국립대총장 금상
- 현재 : 화백문학, 초우문학, 한국미술협회, 대한미술협회,
  국가보훈문화예술협회

e-mail : smj0396@hanmail.net

그리다 읊는 시

하이얀 호분가루 민들레 씨앗들이 한지 그림판 위에서 호 호 불면,
민초들의 꿈을 품고 훨훨 미지의 세계를 향해 날아 갈 듯 합니다
마음으로 쓴 나의 편지들도 시가 되어 어느 그리운 가슴에 또 어느
아픈 마음에 한 송이 꽃이 되고 위안과 기쁨이 되길….
꿈을 품고 미지의 세계를 갈망 하는 영혼들에 희망과 용기가 되어
그 꿈들이 이루어지기를 기도해 왔습니다.

그 기도의 꿈이 가천대학교 문복희 교수님과의 인연으로 맺어져
다듬고 열매 맺었습니다.
세상을 향해 등불을 켜고 나아갈 글들에 날개를 달아 주신
문복희 교수님과 협력자 분들께 깊은 감사를 드립니다.

저에게 시를 쓰는 시간은 분주한 세상사에 지친 마음을
안식할 수 있게 해주고 또 내려놓을 수 있는 마음의 여유를
주는 마음의 방 하나를 분양 받은 듯 한 큰 기쁨입니다.

한국화가, 시인 서 미 정

목 차

목 차

5

한라에서 백두까지 중 백두

한라에서 백두까지 중 한라

한라에서 백두까지를 그리며

어제도 오늘밤에도
꿈엔들 보려나
구름 속에 가려진
네 모습 백두와 천지여

기백 있게 둘러선 산들
그 안에 보석인 듯
옥색 물빛 찬란한데

한민족의 터전 끝자락
백두의 기를
옹골차게도
팽팽히 맞잡고 선
한라와 백록담

백두 한라 민들레
그 씨앗 날개 짓 자유로운데
그리움에 사무친
백록담의 꿈이여!

백두 한라 자유로운 그 날
어허야 어허 둥둥
얼싸 안고 웃어보세

민들레 나래

겨울 끝자락 잡고
잠 못 이루던 밤
언 땅 녹이며 살며시

꽃바람 날리던 오후
꽃잎 잡고 손 흔들며
나들이 나온 님과 함께

황혼의 찬란한 빛깔 따라
흰 눈꽃 송이 송이로
흩뿌려 날던 날

호기심 가득 안고
먼 타국 땅 멀다 않고
낯설어 무섭다 않고

비상 1

동행 2

가을 아침 소묘

가을 아침
한국화 두 점에
겸허한 마음으로
낙관을 올렸다

모든 문인들이
떨어지는 낙엽에
온 마음을
묻고 있을 때

작가는 밤마다
붓 자루에 힘 조절 해 가며
초승달 한 점
반달 한 점
가을 하늘에 띄우고
민들레에 꿈들을 실었다

선택

삶은 선택이다
뭔가 새로움을 향한 갈망은
변신을 꿈꾸며 찾아 나서게 한다

허나, 꿈의 날개는 어느새 간 데 없고
늘 익숙한 형태에 발이 머문다
늘 익숙한 색상에 절로 눈이 간다
늘 익숙했던 것에 절로 손이 간다

숙명처럼 자신의 소유와
비슷한 것을 들고 왔다

변신은 새로움을 갈망 하지만
자신의 굴레에서 벗어나긴
얼마나 힘든 일인가
그 익숙함 들이 그냥 편하다

명태

동해 찬 바다 향을 품은
쓸개 외에 버릴 것이 없는 명태
무를 깔고 끓이면
그 시원하고 단백하고
달달하고 칼큼한 맛이란

명태 동태 생태 황태 북어 먹태…
그 깊은 맛은
다양한 쓰임의 이름만큼
오묘하고 깊이 있고
친근한 맛이다

장바구니 사정도 알아주는
명태야 고맙다

늙음의 남다른 생각

흐르는 물은 흘러
우주를 돌아 순환 해 오고

떠도는 구름은 흘러가는 이별 아닌
늘 새로운 모습들을 창출 해 보이며

나이들어 머리 흰 잔설은
세월을 자각시켜 겸허함과
스스로 내공을 품게 하여
품위와 완성미를 더 한다

사계절을 수 없이 오가며
무르익은 지혜와 완숙함의 겹겹은

청춘들의 허상과 과욕 어설픈 삶에
인류 순리의 순환과 참 지혜의 지침이 되고
희망의 자양분이 되나니
人生의 겹겹 완숙(婉淑)한 꽃은
그 어느 꽃보다 아름답다

백세시대를 살아 갈 우리는
허무가 아닌 또 다른
人生의 미학과 행복을
노래하고 꿈꾸어야 하지 않을까

가을 하늘

그 누가 쓸었을까
한 점 티끌도 없이
드높고 푸르른 창공은
절로 가슴 열어 심호흡

한 점 그려 보고픈 마음
한 글 흘려 보고픈 그리움
하늘빛이 훔쳐간 마음
가을 빛 영그는 줄 모른다

꿈의 향연 2

하얀 민들레

古宅 돌담 밑
황토에 살포시 발 내리고
봄바람에 수줍은 하얀 손 내밀 듯
가냘프게 피어 오른 고운 자태

우윳빛 달빛 닮은 그대 얼굴에
숭고한 정신 덧입고
금빛 씨앗에 깊은 뜻 새긴 꿈
바람타고 축제하듯
넓은 세상 향해 날던 날들

수 많던 하얀 민들레의 흔적들
이제는 자취도 없이 뽑혀
그리움으로 더 이상 찾아 헤메이지 않기를
간절한 소망 하나 심어본다

느림의 행복감

고속철과 쭉 뻗은 도로는
우리에게 풍요만을 주었을까
만져보고 느끼지 못하는
어리석은 문명의 속도전
괘도 속 허상의 현실들

얼마나 많은 것들을 놓친
의미 잃은 스침들 이었을까
세월의 흐름이 아닌
강물처럼 바람처럼
우리의 일생 또한 흐름일진데

미개발 이국땅에 와 심장 박동처럼
울퉁불퉁 돌부리를 느끼고
자전거 인력거와 경쟁 없이
마주 오는 차와 차선의 경쟁도 없는 길
그네들의 눈동자에서 따뜻한 온정을 느낀다

그 느림에서 잊고 살았던
삶의 입체감과 삶의 철학을
온 몸으로 기꺼이 느끼며 안아 본다
여행, 그 일탈은
교훈과 매력을 선물로 더 한다

낙엽길

역으로 가는 가로수 길목엔
밤사이 가을비는
곱디고운 이불을 지었습니다

너무 쓸어버리지 마세요
그 뿌리 엄동설한 얼지 않게 덮어 주어야 할 테니까요
너무 퍼가지 마세요
그 나무 후년 봄 싹을 키울 젖줄 일 테니까요
너무 가져가지 마세요
그 가지마다 꽃 피우고 열매로 키울
비타민 일 테니까요

그대의 눈으로는 마음껏 퍼 가십시오

독도와 강치

울릉도 동남쪽 뱃길 따라 오백 리
외로운 섬 하나
대한의 땅 독도

백 년 전 독도는
아기 강치가 뛰놀고
엄마와 아빠 강치들이 평화롭던
대한의 토종 바다사자들의 터전 이었다

나라의 기운이 기울자
동쪽 도적들이
황소 열 마리의 몸값 강치를
새끼도 남기지 않고 잡아
가죽과 기름으로 팔아 치웠다
강치 가족을 모두 잃은 독도

매서운 바람이 몰아쳐도
강치 가족들의
반짝이는 검은 눈이
파도에 남아 있는 한
독도는 외롭지 않다

독도지킴이 태극고래

자장가

수 많은 매미 소리
열대아와 친구 삼은 밤
잠 설치던 지루한 여름 밤

어느새
고향 소식 같은
귀뚤이 소리 아련히
잠들게 하네

비가 연에게

보슬보슬 연꽃잎 볼에
부슬부슬 연잎 어깨에
토닥토닥 떼구르르
잘 있었느냐고

또옥 똑 똑
씨앗 통 알갱이들
속잠 깨어 창문 열고
방긋 인사

후두둑 후두둑
바람 손님 대동하고
연 대 흔들어 대며
뿌리까지 전하는 소식

보슬보슬 부슬부슬
토닥토닥 또옥 똑 똑
정겨운 비 연주곡에
물잠자리 춤추는

빗방울의 동글동글
마른 대지 위 그립던
님의 동그라미 공연

민들레 들녘

2월의 마지막 날

아침 정원의 나무 가지에
청색 물이 가득 차오르고 있다
싱그러움이 온 몸에
전율하듯 전해져 온다

그 거침없는 청색 물오름은
산고의 고통도 잊고
딱딱한 껍질을 뚫고
가지마다 푸른 새순을 내고
그 거침없는 에너지와 열기는
붉은 꽃들을 피워 낼 것이라고

3월의 문턱을 바라보며
봄 마중
참새들의 활기찬 지저귐이
더욱 생동감 넘치는
아침을 열고 있다

봄눈

잿빛 도심의 공중
흰 솜사탕 나부껴
정화된 창공으로
봄 빛 길
열어주려는지

하염없는 쏟음은
뼈 속까지 시릴 진데
푸근하기만 하다

민들레 피는 언덕

목련화

겨우내 동장군과 맞서
초승달에 걸린 가지는
외로움 달랜 솜털 비밀 방

갈망한 봄 삭막한 가슴마다
순결함으로 한 가득
하이얀 설레임 안기려는

햇살 가득 머믄 우유 빛 잎새는
학의 날개 펼치듯
고귀한 나래 짓 자태로

못 나그네 얼었던 가슴
희망의 날개 화알짝 펼쳐 볼
뜨거운 불씨 하나 남기려

찰라의 빛으로 오신님이여!

천자문에 담은 사랑

평생 교육자로 사신 시고모님은
정년 후에는 붓글씨로
손수 쓴 천자문을 책으로 엮어
손주들에게 쥐어 주셨다
당신의 마음을 정케 하고
자손들의 축복 기원을 담았으리라

친정 오빠의 손주인 나의 아들에게도
손으로 엮은 천자문 책을 주시며
'오빠를 생각하니 피가 끓는구나! 야!'
그 몇 해 후 고인이 되신 시고모님

고모님을 생각할 때면
사절지에 바둑판 모양 선을 긋고
한 칸씩 천자문을 정성들여 채워 쓰신
천자문 책이 떠오른다

희망의 속삭임 1

동향

한국화 민들레 작품 몇 점
동경 시내 화랑에 걸고
미국 우즈백 일본…
그들과 오픈 식 하던 날

한 평생 고향 땅 그리며
동경 시민 되어 살아 온
사촌 시누이 두 분
수년 전 뵈었을 때는
그들의 깊은 한을 몰랐다

몇 해 전 고향 문 열려
북녘 땅 부모님 묘지 흙 고이 담아
조부모 묘에 비로소 묻고
돌아오지 못한 자식의 한을 풀었으리라

낯선 동경 땅에 선 나는
그녀들의 조국이고 고향이며
한 맺힌 그리움의 대상이 되어
그녀들의 눈물겨운 자랑이 되었다

뿌리 없이 떠돌았어야 할 타국 땅의 고단한 삶
그 아픔과 고통이 팔십 년을 살아 온

주름 사이사이에 베어
이제야 나의 심장에 꽂혔다

아! 나의 조국이여!
다시는 뼈 져린 아픔 없이
진달래 개나리 꽃길
황금 들녘 길게 뻗은 철길
자유로운 만 리 길 넘나들기를…

희망의 속삭임 시리즈 중

부르나이

그곳에서 날 부르나이
축복 받은 땅 황금의 땅
아시아의 아주 작고
풍요로운 나라

애써 일하지 않아도
풍족한 나라
나라에서 무상으로
집집마다 자동차 몇 대씩
생활비 의료비 학비 걱정 없다는

춥지도 덥지도 않은 늘 따뜻한 기온
맑은 하늘 푸른 바다
보루네오 섬 끝에 위치한
자원이 풍부하고 자연 재해도 없는 나라

세계에 단 두 개밖에 없다는
국빈용 칠 성급 호텔
황금 장식 갤러리에
우리의 작품을 초대하여 장식하고
친구 하자는 국왕

부르나이 수상도시

좋은 건 술 담배 없는 나라
우리와 너무 다른 나라
호기심 가득 하지만
예수님 없는 나라 이슬람 국가

왕의 뜰에서

선한 백성 부르나이 인
어느 누구와 눈이 맞닿아도
소박하고 순수한 미소가 아름다운 백성
자연을 훼손하지 않고 당연히 지켜
보루네오 섬의 심장이 되 있다

풍부한 자원으로 국민의 안정된 삶을 위한
나라 가득 국왕의 위민 정책이 느껴지고
국민들의 존경을 먹고 사는
국왕이 통치하는 나라

그 국왕의 궁 뜰에 들렀다
한 장 문턱 없이 이방인을 맞이하는 궁궐 뜰
지킴이 새 떼들이 반갑다 재잘거릴 뿐
그 화려한 황금 장식 궁궐보다 더 아름다운 건 그의 인심
난 오늘 그의 문턱 없는 뜰 안을 맘껏 둘러보았다

뭇 정상에 오른 자들은
자신의 위엄을 뽐내고 지키기 위해
더 높은 담장을 위로 쌓고
무장한 경비병들을 줄 세울 것을

한국인을 좋아해 더욱 정이 가는 민족
이곳은 아시아의 아주 작은 땅 대국 일세
그의 뜰 안에서
백 여 년 전 우리도
이 백성들과 같은 순수한 미소를 간직한
백성이었음이 떠올라 음미 해 본다

옷장 정리

아이 방 옷장 정리
한 해 안 입게 되도
유행지나, 맘에 안 들어
놓치지 한다 미련 없다

안방 옷 정리
자켓은 카라 넓고 구식
바지 통 넓다 유행 지나고 빛바랬다
미련 없이 수북히 내 놓는다

물자의 풍족 속에 아까운 것들
환경오염 문제와 자원의 재활용
두 마리 토기를 잡기위해 담아 본다
옷뿐이랴 핸드백 베낭 신발 장신구들
다양하기도 하다

중국, 필리핀 선교사
조카네로 물 건너 간 것들

동네 아이들 아줌마 아저씨
수지맞았다고 감사공연
기타 들고 노래하며
얼굴 한가득 미소 띤 보답 사진들

장롱 속 잠자던 물건들이
이웃 나라의 풋풋한 정이 되어온다

축복

찬란한 순간

한국화

전통 한국 채색화를 사랑하며

쪽빛 하늘빛 담은 마음
하얀 한지에 펼치고
고운 천연색 가루들을 묽게 개어
부푼 꿈 뭉게뭉게
한지 위에 펼쳐본다

사랑하는 이들에게
따스함 한 자락
그리운 님 에게
꿈을 잃은 이들에게
아파하는 영혼들을 위해

띄운 쪽배
민들레 나래들
한지 화판 마다
붓 끝에 맺힌
꿈 한 가득
기도 한 가득

감나무의 추억

봄날 아침 창문 너머
단단한 가지 뚫고
노란 아기 새순
신통하게 나왔다

동그랗게 오려붙인 잎새는
밤마다 기름칠 해 빛나더니
어느새 네 날개 꽃받침은
초록 공을 잉태해 안고 있다

배꽃은 날개 달려 온 동네 휘돌고
개나리는 흐드러지더니
태양은 점점 열기를 더하고
우리의 한나절도 돌고 돌았다

어느새 늘어진 가지 위에
네 잎 모자 쓰고 앉아
웃고 있는 주홍얼굴들

광주리 가득 이웃과 정을 나눈 주홍빛 가족들
그래도 높은 가지위에 남겨 놓은 까치밥 몇 개
위풍당당하게 눈 소식을 기다린다

창경원의 향수

마른 가지 껍질 트고 나온 아름다운 봄
푸르름이 빛나고 상큼하던 오월
어머니는 알록달록
김밥을 정성껏 말아 찬합에 챙기셨다

꽃단장 하신 어머니의 분 냄새가 좋아
코를 벌름 거리며 들어 선 궁궐 문 창경원
처음 본 긴 다리 기린은 각선미를 뽐내고
덩치 큰 코끼리는 긴 코를 하늘 높이 올리고
팡파레 울리듯 환호하며 반긴다

나무 그늘 밑 돗자리 깔고
어머니의 특제표 꿀맛 김밥을 비우고
신나게 뛰어 다니다 누워
구름 위 흐르는 해 잡아 두고 싶던 동심
그 행복했던 어린이 날

이제 와 보니
궁궐의 아픔이었어라

수레국화(독일국화)

독일로 간 청춘들

전쟁과 허리가 잘린 땅엔
끝없는 가난의 거미줄은
가실 가망이 보이지 않고
생떼 같은 자식들을
탄광 광부와 간호사로
올 수 없는 먼 타국 땅에 팔았다

가난한 작고 선한 나라에
하늘의 은총의 비가 내리고
세월은 무심히도 흘렀다

문득 과거를 돌아 볼 때 마다
어두운 군상들이 떠오르고
빚을 유산으로 떠안은 듯
무거운 가슴을 쓸어 내렸다

민들레 그림 몇 점 들고
그 땅을 찾아 전시하던 날
난 그 빚을 물었다

아! 빚? 그 빚
그것이 아니 라오
기회의 땅에 온 것이

특별한 선택을 받음 이었고
가족의 가난과
조국의 발전에 동력이 되는
기쁨의 날 이었다오

풍족한 선진 기회의 땅에 와
꿈을 이루었고 복된 가정과
빛나는 자녀들의 미래를 열었다오

이 얼마나 큰 축복이겠오!
하 하 하
아픈 상처에 더 단단한 굳은살이
돋아 난 것이 보였다

의좋은 형제

스케치

어둠이 깔릴 즈음
일상을 마치고 돌아 와
마치 또 새 날을 맞이한 듯
크로키 북을 꺼내 들고
마음 가는 대로 쓱쓱 옮겨 본다

이내 머리와 손이 바쁘다

그것들은
내 마음의 고향
그것들은
내 삶의 흔적
그것들은
내 못다 한 꿈
또 그것들은
그대들의 꿈과 위안이 될
그런 것들로 채우고 픈
욕망들의 꿈틀거림이다

마치 중보 기도라도 마친 듯
가슴과 머리가
개운 해 짐은 무엇인가

그녀의 고향집

개성 아흔 아홉 칸 기와집 마당
이른 아침 아버지 손잡고
가족과 헤어져
남쪽 친지 댁 다녀온다 한 것이
영영 이별이라니

옥토에 기름기 흐르던 그 땅은
이제 어둡고 황량하기만 하다하고
오순도순 정겹던 이웃들
눈에 선하건만 간 곳 없다하네

그것이 평생 뼈에 사무쳐
꿈엔들 가 볼까 만져 볼까
어느덧 소녀는 흰머리 팔십대가 되어
그 한 모아 그리고 오리고 붙이는
기도의 작가가 되었다

세월

하루해는 길다
한 달은 어젯밤 떠난 기차 같고
일 년은 언제 갔는지 아련하다
아! 세월아
강처럼 흘러간 날 들
거울 속 그대는 추억 하는가

사랑하는 이여
그대는 년 년의 그루터기에
기대어 서서 이제 무엇이 보이는가
그리움 기쁨 슬픔 좌절 희망 사랑 ..

그 순간순간의 시간들
삶의 실오라기들이
뭉치고 흘러
세월의 강 뚝에서
그대 무엇이 되어 서 있으리오

해바라기 뜰

청포도 사랑 칠월

청포도 익어 가는 칠월
설익은 청포도 알갱이들
올망졸망 매달려
이야기 꽃 시끄러운 칠월

푸른 잎 큰손 어미의 품처럼 품고 펼쳐
한 여름 뜨거운 햇살 그늘이 되어 주고
퍼붓는 햇살의 자양분 받아 젖줄이 되고
비바람 몰아치는 소나기에 지붕이 되어

주인공을 만들기 위한 헌신
사랑의 손길들이 없었다면
그 열매 어찌 기대 할까

청포도 사랑 칠월이 다 지나갈 때면
떨떨하던 포도 알갱이에도
인고의 단물이 차오를 테지요

채송화

어린 시절
길모퉁이
내 키처럼
작은 채송화가
친구하자 웃고 있다

반가와 들여다보면
내 얼굴 같은
동그란 얼굴에
고물고물
정겨운 작은 손
반갑다 악수하자
내밀어 흔들고 있다

고독한 예술가

도시의 생활 팍팍한
그 일상에서 탈피 해
감각의 토대위에
거침없이 토해 내듯 펼쳐 보고픈 감성
오직 자신의 자아를 일깨워
작업에 몰두 하고 싶다

그림만을 그리기 위해
타이티 섬으로 떠났던 고갱을
또 그를 모티브로 한
달과 육 팬스의 주인공
스트릭랜드가 떠오른다

차마 현실을 떠나지 못하는 도시인
현실과 이상 사이를 늘 저울질하며
욕망의 무게를 다 채우지 못한
그러나 조금 덜 채워진 여유로움을
상상하며 스스로를 위로 한다

오월

오월의 문턱
숲속을 걷노라면
파아란 하늘 향해
두 팔 벌려 흔들어 대는
푸르듯 여린 아기 손들 정겹다

길 옆 각시붓꽃은
보랏빛 얼굴에
샛노란 눈으로 유혹하고
산비탈 따라 절로 흐드러진
수줍은 늦깎이 진달래꽃은
아지랑이 되어 어른어른

오월은
흐르는 바람 한 줄에도
이슬 한 방울도 놓치지 않고
자존의 형상을 아름답게
채색하는 달

나 여기 있소이다!
싱그러운 빛깔과
천상의 소리로
계절을 깨우는 오월

내 마음이 머무는 곳 2

유월의 노래

여린 싱그러운 들녘
나비들의 날개 짓 바람 타고
살포시 내린 유월이여
그대는 스물셋
청초한 여인 같고
빈 가슴 그 하늘빛은
공활하기도 하다

가시를 가슴에 품고도 피워 낸
붉은 장미의 열정으로
미지의 창밖
뜨거운 태양의 열기와
퍼붓는 폭풍우에도
열매 맺고 영글어
숙연한 기도의 가슴이
되어 지게 하소서

가슴 가득 감사함으로
사랑하며 살게 하소서

행복이란

아침에 눈을 떠
문안 인사 나눌 수 있는 사람이 있고
할 수 있는 일이 있는 것

외로울 때
만날 친구가 있고
향긋한 차 한 잔 나누며
일상의 수다를 나눌 수 있는 것

하루 일과를 마친 후 가족의 안녕과
내일을 계획 할 수 있는 꿈이 있는 것
그런 소소함 들이다

희망의 속삭임 시리즈 중

꽃비 내리던 날

꽃비 내리던 봄날

연초록 물감 풀어 헤친 들판
바람결인 듯 꿈결인 듯
흩날리는 꽃잎들

꽃신 되어 즈려밟고 가는 길이
너무도 너무도 아름다워
이별의 야속함도 잊은 채
현기증 나듯
황홀하기만 하더이다

가슴에 스며든 행복감과
그대의 여린 향취는
한 해를 살아 낼 보약 같은
자양분이 되어 남더이다

장미들의 축제

앞마당 장미들이
일제히 꽃망울을 터트렸다
아! 이 싱그러움이란
역시 그대는 메이퀸

축제일에 약속이라도 한 듯
빠알간 얼굴 내밀고
방금 향수에 목욕한 듯
이슬 머금은 송이들

밤바람에 실려 온
정취와 그대의 매력에
난 취해 버리고 말았다오

가는 세월 속에

오십 중반을 넘어선 어느 날
건치라고 자부 했는데
어금니 상판이 닳아
노오란 신경층이 내비추며
금 모자라도 씌워 줘야 한다고
인사를 하고 나섰다

허걱!
조금은 비켜갈 수 있으리라
생각한 세월이
내게도 어김없이 찾아 와
인사를 한다

희망의 속삭임 2

달빛 민들레

달빛 기도 손
기도 응답의 길 따라 나선
붓 자루에서 태어난
알록달록 민들레 씨앗 병정들

하늘의 별무리처럼 비상하는 모습 속에
소망 가득한 날들을 엮은 달력 안에서
님들의 마음이 드리워진 책갈피에서

외로운 영혼에
따뜻한 위로의 손길이 되고
갈망하는 영혼에
나아 갈 길을 열어 주고
꿈을 심고 고통 속 병든 가슴과 육신에
치유와 사랑과 희망의 기도손이 되길
간절히 갈망 함 이어라

해바라기 숲

꽃

아픔 없이
피는 꽃은
없다

우리의
인생 또한
그렇다

은비녀

시어머니 1912년생

지난 팔십 여년이 소풍 같았다 하시던 인생은
한국의 굴곡진 격동기

고향 울진 형제의 살림까지 짐을 지고 동경으로 떠난 남편
결혼 칠 년만에야 동경에서의 신혼생활
아이 셋 데리고 폐망한 일본 밀항선 타고 돌아온 조국 땅
6.25로 편안 할 세 없던 서울 살이 와
전쟁 후 황폐한 대구에서의 삶

막내 자부에게라도
자신이 살아온 길을 잔잔하게
사명처럼 전해 주시던

일곱 남매 뒷바라지 하느라
막내아들 결혼 때
숟가락 하나 못해 준 것이 한이 된다
막내 자부에게
늘 미안 해 하시던 어머니

아침마다 숫 없는 머리 기름칠 하고
단정히 말은 머리에 은비녀 꽂고

이야기 하시던 소박하고
가냘픔이 아름답던 어머니
그것들은 어머니의 자서전 이었다

선한 지혜로 빛나던 어머니의 삶은
탈무드처럼 가슴 한 자리 삶의 지혜와
사랑의 값진 유산이 되었다

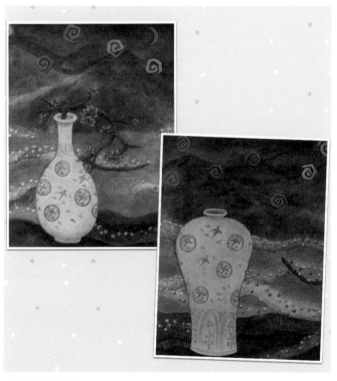

희망의 속삭임

나의 방

삶에 지쳐 힘겨울 때
외롭고 마음이 휑 할 때마다

나의 안식처와
도피처가 되어 주는
요술 방이 있다

언제 어디서든 쉬 들어갈 수 있고
머리를 식혀 주고
마음의 치유와 안식이 되어 주는
따뜻하고 하얀 방
시 창작 방

새로운 영감이 치솟아
마침내
색색의 물감을 풀어 헤쳐
세상에 없는 나만의 창작물을
만들어 내어 놓는
예술 창작 연구소 방

오! 사랑하는 주님
넘치도록 부어 주시는 사랑에
뜨거운 마음으로
무한 감사드립니다

희망의 나래

장수 시대

세월이 변하여 백세 시대가 되었다
업의 마감은 육십에 머물고
살아 온 자신의 삶의 형상위에
청년의 마음으로
젊은 날 삶의 굴레에서
못 다 한 소망들을 이룰 꿈과
심신을 다스릴 수 있는 여유로
제 이막
장년의 인생을 설계 해 보자

오랜 삶의 여정은
안정과 행복을 주기도 하지만
병마가 찾아오기도 한다
마음 열어 병마를
잘 다스리며 살아 갈
마음의 주머니도 준비 해 보자

행복

예술 창작

인생 길 살아오는 동안 가슴 속
켜켜이 쌓인 것들의 풀어 헤침이다
마음 문 열어 세상을 향해 손짓 하는
흥겨운 노래이다

머리 속 지혜의 펼침과
순간 가슴으로 몰려오는 영감들로 형성된
가장 자기다움이 아름다운
유일한 창작물들이다

이것들의 완성체는
자신과 주변을 치유하고 정화하며
세상에 꽃을 피우고
절망 가운데 희망이 되어 주고
어두움에 빛이 될 때
보석과 같이 귀하게 빛난다

오병이어

공황 장애

허공에 떠서
심장이 터질 듯
날개 없는
영혼과 육신이
한없이 떨어져
내리 칠 때

사랑하는 이여!

온 힘 다해
온 마음 다해
죽음과 맞바꿀 힘 다해
주님께 매달리십시오

그 곳에 당신의 푸근하고
영원한 안식처가 있으리니

능소화

담 밖 세상 그리워
단숨에 넘어 올라
합창하듯 일제히
웃음꽃 만발

실바람에 어여쁜 드레스
쌈바춤 추며 다가오는
여인 같은 그대여

내 마음 머무는곳 1

팔월을 내다보며

칠월의 끝자락
막장을 알린 장마 비는
지루하게도 여운을 남기며
예고편 불덩어리에
잘 견뎌야 한다고
대지를 토닥 거린다

팔월을 맞이하는
이내 마음은 개점휴업
어딘가 시원한 계곡
시원한 바람결 타고
바다로 들로 산으로
어느덧 마음은 천리 길
달음질 치고 있다

진한 흙냄새
초록 풀 향기
구름 요정 태운
비릿한 바다 바람
그 충전제들을 향하여

새로 오는 가을을
검게 그을린 건강한
두 팔로 맞이하기 위하여

그리움

나의 작업장
하얀 한지 화판에선
숲 속 닥나무 잎들
바슬거리는 그리운 소리
닥나무 껍질
푸릇 청량한 향 내음이
코 끝에 흐른다

하이얀 호분 가루는
고향 바다 향 머금고
태고적 그리움 가득

빨강 파랑 노랑 보라…
그 색색들의 고향은
온 세계 지구촌
어느 산 바위틈에
그리움 머물러
붓 끝에서 뚝뚝 떨어지는고

꿈의 향연

모정의 뜰

모정의 뜰

베란다 따뜻한 햇살에
옹기종기 모인 화초들
팔순 노모의 정성에
시도 때도 없이
꽃은 피고 지고

무심히 들리는 소리
수 년 째 되새기는 말
올 해까지나 해 주려나
노모의 간절한 마음
아는지 모르는지
천년을 묵어도 까딱없을 듯
반짝이는 장항아리들

다름의 미학

물안개 내려앉은 산자락에
나리꽃 청초한 자태
수줍은 듯 하늘거린다
보일 듯 만져질 듯
살포시 가려진 한 자락 사이로
흐르는 듯한 향기

한국화의 모습에서
우리내 마음을 닮은 푸근함과
운치가 느껴진다

그 모양이 뚜렷하고
선명한 색상이
화려하고 파격적이다
현대적 느낌과 세련미가 있다

양화에서 직설 화법으로
깨우는 듯한
현실감이 느껴진다

4차 산업혁명

동틀녘부터 어둠이 깔릴 때까지
타이핑 한 서류를 먼 거리까지
전달하던 시절이 얼마 전 인데
현재는 그림 사진 서류 언어들이
보이지 않는 선을 따라 공중 충돌도 없이
전 세계로 순간 교류 한다
과거에는 생각도 못 할 일들

이제 그것들을 뛰어 넘는 시대가
또 열리고 있고
이웃 국가의 수용적 발전은
빛을 발하고 있다

인류의 역사가 바뀌는 장에
변화가 두려운 마음과 안일함들
미래를 현재에 매 놓을 수는 없을 진데

가장 빛나는 별은
아직 발견하지 못한 별
평화롭고 맑고 밝은 지구촌을 위한
인류의 지속 가능 발전을 위한
4차 산업혁명의 길을
선구자적 주도적으로
열어 나아가길 기원하며…

한 알의 밀알이 되어

저 하늘 천사의 날개에서
한 점 밀알로 떨어졌을까

새벽 미명 애절한 기도로
정성껏 갈고 닦은 소망

흑암 속 폭풍우 비바람에도
가시밭 길 언 발로
천 리 길을 간다 해도
꿋꿋히 이겨 내어

기꺼이 한 알의 밀알로 썩어
뜨거운 사랑은 거름으로
그 나무 열매로 가득 하니
하늘의 상급이 크고 크도다

노인정 풍경

나이는 숫자에 불과하다
요즘 노인정엔
젊은 노인들로 빼곡하다

지는 해는 아름답다
평생 갈망하며 하고 싶었던 것
자신에게 맞는 맞춤 교육은
새로 거듭나 또 하나의 나를
탄생 시키고 가꿀 수 있는 기회

장수시대를 맞이하여
후세에 길이 아름다운 문화를
물려 줄 좋은 세상
이것은 기회이고 큰 축복이다

그 축복의 지속과 원동력은
후세의 번성함임을
두 손 모아 기도한다

아! 가을아

숨 막힐 듯 한 열풍 밀고
기다리던 님 같이
다가 온 가을이여

말간 하늘빛에
몽실 떼구름 띄우고
하늘거리는 코스모스와
큰 입 벌려 빙그레 웃음 짓는
키다리 해바라기
멋진 친구들 대동한 가을

가을 너의 얼굴은
행복한 향취 가득 간직한 고향처럼
푸근하고 정겹기만 하구나

아! 가을아

장가계와 금강산

깊은 내륙 청정한 산골 마을 일테지
상상은 장가계를 들어서는 순간 관광 도시로
현대화 된 모습을 보는 순간 깨졌다

산 바위 구름 물 동물 식물
여섯 가지가 기이 하다는 곳
장가계 삼림공원 황석채 금편계 원가계
하늘 높은 줄 모르고 치솟은
수많은 봉우리 산들을
케이블카 엘리베이터로 올라
고산 잔도를 따라 구름을 가르는 산책길

아름답다기 보다는
탑처럼 치솟은 산은 기이함
수억 년 전 물고기들의 길을
운무를 헤치고 흘러내린 땀에
산행은 물길인 듯 꿈길인 듯

비경을 두 눈에 가득 담으며
화폭에 옮겨 보리라
작심을 했건만

작업장의 붓들은
단풍이 아름다운 금수강산
금강산 봉우리 등반에 나섰다
초록 녹음이 보색 빨강으로
변해 가는 색의 향연이 펼쳐지고
운무에 가린 계곡을
신선이 되어 스치듯
휘돌아 흘러 내렸다

평 붓은 금강산의 청랑한
가을 하늘을 쓸며
못 다 그린 새 소리 맑은 공기
하늘 올려 그려 본다

동백꽃

빠알간 오린 듯 고운 양볼
겨울 햇살에 빛나고
긴 숯 많은 속눈섭은
순정의 속삭임 인 듯 애닲다

백옥 얼음 모자
청 옥색 치마 두르고
동양 최고 미인 자태로
미소 짓고 바라 보다

내 님 그리워
님의 발그림자 일지라도
아픔도 잊은 채 탯줄 자르고
대지에 이슬 머금고
다시 핀 순정이여

남쪽 바다 향 품은 잎새는
님의 가슴에
빠알간 잎 겹겹이
아로새겨 지겠지요

詩

시는 나의 마음
상념 기쁨 슬픔
갈망하는 기도
이 모든 것의 집합과 정열로
스스로 정화되는 마술

시는 나의 친구
나의 인생길 쌓인
상처 입은 영혼의 치료제
여행길 동행자
감성을 옮기는 스케치북

머리와 가슴으로 써 내리는
시는 자기도 모르게
그리는 자화상

단잠

어젯밤
솜털에 살포시 누운 듯
스르르 잠이 들어
여름내 지친 심신
회복 되더니

창 넘어 살랑 불어 온
가을바람
아~ 당신 이였군요

가을

가을은 선물이다
상큼한 아침 인사
시원한 공기
낭만과 행복감

맑고 청아한 하늘 빛
잎으로 피우는 색의 향연
꽃보다 아름다운 꽃이 된 잎
온갖 열매들의 결실
호박이 넝쿨 채
굴러들어 오는듯한 가을

그 행복감과 포만감으로
후년을 기대하는
희망과 용기의 씨앗들

신의 축복 가득 안은 가을은
철학이며 감사함이고
다가 올 겨울을 이겨 낼
에너지이다

박새의 둥지

지난 해 봄
박새는 버스 정거장 옆
플라타너스 갈라진 기둥 틈 안에
둥지를 틀고 알을 낳았다

플라타너스 기둥 안에선
쩩쩩 쩩쩩 새끼박새들
먹이를 구하러 간 어미 부르는
소리로 가득 했다

어미새의 애 타는 동동거림
정거장에 사람들이 떠난 틈을 타 드나들며
쉼 없이 먹이를 날랐다
그런 박새의 시간들이 몇 달
어느 날 박새 식구들은 이사를 떠난 듯
나무기둥이 조용하다

먹이를 물고 정거장 처마 위에
서성이던 어미새도 보이질 않는다
갈라진 플라타너스 밑으로
새끼 박새들의 배설물 흐른 자국이
짙게 물들어 있을 뿐

박새의 집이 되어 준
아낌없이 주는 나무가
오늘도 웃음 짓고 있다
언제든 입주 하라는 듯

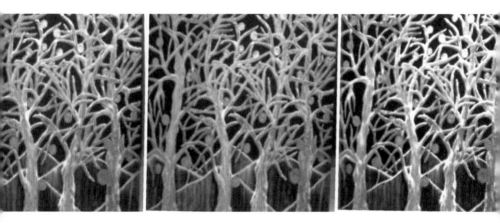

꿈꾸는 숲

CALENDAR

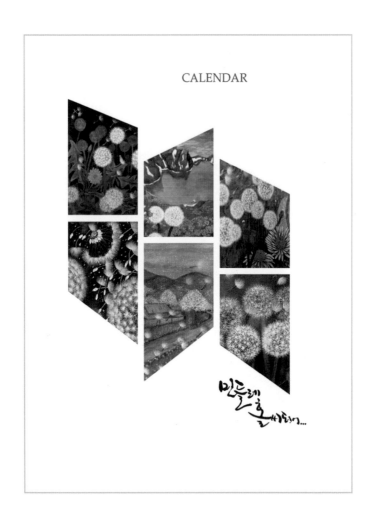

달력을 걸며

한 해의 꼬리는 무심히
서녘 하늘을 붉게 적시고
수 전화기는 새해가 온다고
축복 메시지들 종일 춤을 춘 다

어쩜 한 해가 총알 같다

기억의 창 너머엔
허무함은 꼬리를 내리고
매듭지었던 일, 또 몇 가지 일들이
존재감을 알리니 긍정은 안도감으로
어둠과 함께 내려앉는다

몇 시간 후 송구영신 타종식과 함께
새 해 첫 초를 환호로 맞이할 채비를 하며
나이 숫자와 닮았다는 세월의 속도기
세월을 놓치지 않고 과속하지 않게
꼭 꼭 짚어 살아 보리라

새 달력의 달과 날들을 짚어본다
처음 살아 볼 날들을 위하여

웨이하이 초대전을 마치고

웨이하이 하늘에 축하의 팡파레
첫눈이 나풀거리다 쏟아 부었다
화가들의 꿈과 땀들이 낯선 땅에
아름답게 조화를 이루었다

상대국의 묵향 가득 한 작품들은
거꾸로 시간을 돌려놓은 듯 하고
우리 화가들의 자유롭고 창의적이고
다채로운 색의 향연과 표현 기법이
세련미를 느끼게 한다

웨이하이 초대전을 마치고
흰 눈에 반사된 동해의 풍광과
바람이 주는 행복감도 잠시
첫눈은 하늘길을 막았다
페리호에 몸을 싣고 본향을 향하는 길은
시침에 돌을 매단 듯 느린 시간
초생 달 작품은 바다 위 흔들침대 되어
지친 몸을 뉘고 한가로이 흔들며 간다

여행은 예측 할 수 없는
또 다른 카드를 내밀기도 한다

묘책이 통하고 그것이
색다른 여행의 맛을 느끼게 해 줄 때
여행의 매력은 상승 한다

동행 1

하롱베이에서

태고적 숨소리가 들린다
고요 속에 무장한
삼천 장수라도 된 듯
깊은 심해에 몸을 박고
돌연 우뚝 더 치솟아 오를 듯
동양화속 병풍처럼 서 있다

지구촌 이방인 태운 배들은
섬 사이사이를 맴돌며
파도 없는 바다에
수 많은 물결을 그리며
그 웅장함에 찬사를 보낸다

태양은 겹겹이 솟은 산들을
두루 비추이며 잔물결 위에
붉은 실오라기 너울 주단을 깔아
그 신비를 더하고 있다

하롱, 하늘 그리워
하늘 향한 삼천의 아름다운 섬들이여
인류는 그 가슴에 새긴
이 찬란하고 아름다운 향연을
어찌 잊으리오

친구야

말 하지 않아도
젊은 날 너의 기쁨 알지
말 하지 않아도
너의 보람 알지

친구야
말 하지 않아도 너의 아픈 곳
너의 빈자리 알지
너의 못 다 핀 그리움 알지

나이 들어가니
미움이 사라졌다는 넋두리
그건 망각이 아니고
아픔이 치유 된 거겠지

친구야
세상 살아가노라면
세모 네모 각진 모서리가
두루뭉술해 지는 거겠지
우리 두루뭉술 두리둥실
그렇게 건강 지키며 살아 보자꾸나

민들레 비상 시리즈 중

새벽별

별들의 고향은
아우 반딧불이
반짝이던 두메산골

세상이 잠든 밤
열정으로
탑을 쌓다가
바라보면

미소 가득
눈 마중 나온
두메산골 그 얼굴
새벽 별

자녀 기도

주님 축복
태의 선물로
품에 품은 자식들
금이야 옥이야
뒤처질까
밤 낮 아낌없는
헌신과 기도

건강하여라
총명하여라
지혜와 덕을 겸비 해
세상에 빛이 되어라
세상에 소금이 되어라
주님 사랑하는 자녀로
대를 이어 잘 살아 가거라

어머니의 기도

민들레 언덕

선물

석양 너른 들판 물들이고

민들레 나래

달빛 언덕에 흩뿌려

고이 품은 뜻

그 님께 드리려네

금강산에 낙관 찍는 날

화판 틀에 한지를 배접하고
아름다운 금강산 봉우리를
그리기 시작한 지
육 십 여 일만이다
그 새 단풍이 가을 산자락에
빠알간 가을 낙관을
콕콕 찍어 대고 있다

아름다운 우리 강산
그리운 금강산 자락에
평화의 사절단
두 마리 새를 날리고
오늘 밤
나도 낙관을
꼭 눌러 찍었다

금강산의 가을

하늘 아버지

원초적 당신의 사랑에
블랙홀 같던 막연함
당신의 품 그늘 아래
척박한 땅 뿌리 내리고
입을 내고
꽃을 피워옵니다

하늘 아버지
生의 길잡이 되 주심
어느 상황에도
절대적 사랑의 응답
오늘도 감사한 삶
범사에 감사하라 하신 사랑에
주님 뜨겁게 사랑 합니다

민들레의 기도

수정 같은 살얼음 녹이고
끝나지 않은
겨울 추위 뚫고 튼 싹
세상을 향한 사랑은

육신의 고통으로
물질의 부재로 신음하는
상처 입은 영혼들에게
간절히 외치는 기도
주님! 따뜻한 사랑으로
치유와 회복의
뜨거운 사랑의 은총
내리어 주소서

자화상

이별의 아픔을 가슴에 품은
여린 싹 이었습니다
인고의 시간들을 넘어
세상을 향한 느린 걸음 이었지요

세상 바람 가슴 시릴 때
붓으로 그린 마음의 평안과
상한 영혼들을 위한 중보의 기도들은
내게도 위안 이었습니다

민들레 나래 꿈 희망 사랑
詩語로 세상에 솜털처럼 날려
아프고 그늘진 곳에
희망의 첫발 내민 님들께
보내고 픈 간절한 소망입니다

인사동 연가

전시 개막식이 있는 수요일마다
과속 질주하는 인사동 화랑의 초침
작가들의 꿈이 희망 실고
걸리기 시작 합니다

인고의 시간들이 드디어
기쁨 되어 터지는 날
열매 맺기 소망하는
작가들의 부푼 꿈

그림을 사랑하는 사람들로
인사동 거리가 넘쳐나고
하늘에 보름달 차오르듯
함박 웃음꽃 피어나길
간절히 기도 합니다

가을 개나리

먼 산
찬 안개 흘러간 자락에
서리 깨고 첫 소식으로 와
눈물겹게 반가운 그대
노랗게 흐드러져 속삭이다

봄비에 다 못 한 사연 흘러 보내고
속없다 하지 마소
가을 오색단풍 사이에라도
못 다 한 사연 활짝 피워보리라+

가평 은행나무

수학선생님은 은퇴 후
가평 본가에
낡은 집 새로 고쳐 정착하셨다
나무심고 밭을 갈고
계절 따라 심고 거두고

하늘땅을 벗 삼아
집안에 무공해 작물들
들여놓는 재미가 솔솔
그 모습 물끄러미 지켜보다
계절이 깊어 갈 때면
주렁주렁 노오란 가을 알갱이들
쏟아 붓는 듬직한 은행나무들

잔손질 많은 은행 알을
해마다 전해 주시는 손길
토실하고 찰진 가평 은행 알
해마다 감사드리는 선물입니다

힘빼기

수준이 높아지면
절로 불필요한 힘이 빠진다
운동을 하든
글을 쓰든
착실히 갈고 닦고
반복해 나가야 한다
그러니
견습생시절은 꼬박 꼬박
힘 줄 수밖에

정선행 아리랑열차

정선행 아리랑열차가
무르익은 가을을 지난다
느린 화면 영화관 스크린처럼
창밖 마주한 정겨운 의자

다홍치마 입은 산은
품에 안겨 오라하고
반짝이는 은물결 강줄기는
어느 골짝 그리움 모아
굽이굽이 시리고 눈물겹도록 흘러
내 마음까지 흘러간다

덕수궁 돌담길

도심 중앙 여러 갈래 길
차 소리 시끄럽고 복잡한 서울시청 앞에
잠자 듯 오랜 세월 조용히 앉은 덕수궁
'덕수궁 돌담길을 걸으면 헤어진다 '
뜬소문 덕인지
고목이 늘어선 돌담길은 늘 호젓하고
고풍스러운 멋을 자아내고 있다

덕분에 덕수궁 돌담길 옆
조용한 카페는 오래도록
나의 젊은 날 아지트가 되었다
은행나무 늘어선 거리에서
하이힐에 콕콕 찍히던 은행잎과 은행알들이
해 묵은 추억들과 함께 숙성 되어
향긋한 내음으로 바람에 실려 와
내 기억의 창을 두드린다

센트럴파크에서

맨하탄 복잡한 도시의 인파숲을 지나
센트럴파크에 들어섰다

인공 공원답지 않은 동식물의 조화
신선처럼 빛나고 아름다운 나무는
하늘 꽃가루 뿌려 날리며
나그네 발을 머물게 하고
청아한 공기는 절로 가슴을 열게 한다
도심의 대형 휴식의 창 안 센트럴 파크
과연 맨하탄 사막의 오아시스로구나!

뉴욕의 미술관들에서 느껴보지 못하는
신의 위대한 창조물들 앞에 숙연해 진다

고 엽

찬 기운 세찬바람에
무수한 빗방울들이 나부낀다
이별의 눈물은 숙명 인 듯
낙엽과 함께 쓸어 앉는다

하염없는 쏟음 슬퍼마라!
폭신히 젖은 대지의 품에 안겨
따스한 영접은 한 몸 되고
얼고 풀림 인고의 통로 끝
숭고한 썩음은 대지의 흙으로
춘 삼월 그 밑 둥
뿌리와 함께 피어나리니

— 서 미 정

고엽

찬 기운 세찬바람에
무수한 빗방울들이 나부낀다
이별의 눈물은 숙명 인 듯
낙엽과 함께 쓸어 앉는다

하염없는 쏟음 슬퍼마라!
폭신히 젖은 대지의 품에 안겨
따스한 영접은 한 몸 되어
얼고 풀림 인고의 통로 끝
숭고한 썩음은 대지의 흙으로
춘 삼월 그 밑 등
뿌리와 함께 피어나리니

남산타워에서

낮은 듯 높은 산
넓은 듯 아담한 서울이
한 눈에 들어 온다
그 곳에서 한양 땅 조선의
인물들 그림자가 비췬다

그 곳에서 젊은 날
나의 분주한 모습도 어른거린다

그 곳에 서서 바라보면
서울의 미래도
내다 보이는 듯 하다

서 미 정

남산타워에서

낮은 듯 높은 산
넓은 듯 아담한 서울이
한 눈에 들어온다
그 곳에서 한양 땅 조선의
인물들 그림자가 비췬다

그 곳에서 젊은 날
나의 분주한 모습도 어른거린다

그 곳에 서서 바라보면
서울의 미래도
내다보이는 듯하다

화랑대 간이역 스케치

플라타너스 길게 늘어 선 길을 걷노라면,
뗑그랑 뗑그랑 소리와 함께
간이역 아저씨는 건널목에 나와
빨간 깃발을 흔들어 대고
이내 누굴 삼키기라도 하듯
시커먼 열차가 덮치듯 지나곤 했다
지금은 폐선이 된 경춘선 열차

열차는 기타치고 노래하는
목마른 청춘들을 태워 구석구석
옥구슬 같은 물 콸콸 쏟아 내는 계곡 골짜기로
뻘뻘 그 청춘들을 실어 날랐다
왠지 나이가 들어서도 열차가 지나 간 길을
쳐다보고 있노라면,
삶은 달걀과 칠땡 사이다가 연상 되었던 건,
국민학교 시절 그것들을 싸 들고 간 소풍 길

배꽃 길 사이로 화랑대역 앞 철 길 건널목을
수없이 건너 다녔던 탓 일게다

도시의 갈 곳 없는 청춘들은
낭만을 찾아 역사 부근 플라타너스 길을
발바닥 불나듯 걷다가 저 너머
검푸른 산이 해를 삼킬 때 쯤
경춘 기찻길 따라 빼곡히 서 있던
배나무 밑 고깃집에 옹기종기 앉아
돼지갈비를 배 터지게 구워 먹곤 했다

그 후 삼십 살은 더 먹은 플라타너스들은 풍파에 벗겨진
허연 허리를 길게 내밀고 두 팔 벌려 늘어뜨리고 서 있다
그늘 밑 칠십 년을 넘게 근무하다 퇴직 한 화랑대 역사는
얼마 전 외국서 이주 해 온 은퇴 열차와 짝이 되어
서로 자신의 젊은 날들을 두런두런 이야기 하는 듯하다

철로는 자갈밭에 여전히 두 다리 쭉 펴고 누워
태양빛에 이글이글 하던 시절을 뒤로 하고
단풍나무 소나무 벚나무 갖가지 나무가 조성 된 사이에서
삼림욕을 하며 덩그러니 누워 있다
빠앙~ 귀청 빠지듯 시끄럽던 열차의 숨소리 대신
동네 아줌마들의 온갖 세상 수다 소리와
운동 나온 사람들이 뿜어내는 숨소리 헉 헉 헉…
누운 지 팔십 년이 다 된 철로는 녹 때 목욕하고
함께 호흡 맞춰 숨을 쉬는 듯하다.

화백문학 신인상 시 부문 심사평 중

　서미정의 시 '목련화, 독도와 강치 가족, 하얀 민들레, 가을 아침 소묘, 낙엽길'은 자기만의 독특한 문학상을 보이고 있다.
　'목련화"라는 평범한 일상의 소재를 가져오지만 관점의 전환을 통해 예상되는 시의 흐름을 바꾸어 '외로움 달랜 솜털 비밀방' 이라는 새로운 세계를 그려내고 있다.
　'낙엽길'에서 이불, 젖줄, 비타민으로 이어지는 이미지의 발상이 시적 전개에 완성도를 높이고 있다.

　이번 당선작에서 주목할 만한 점은 정제된 언어와 세련된 감각으로 다가오는 단단한 진술 방식이다. 이러한 점을 인정하여 당선작으로 올린다. 앞으로 더욱 치열한 시의 세계로 정진해가기 바라며 당선을 축하한다.

심사위원 : 김광길(전 경기대 교수) / 문복희(가천대 교수) / 박인영(성신여대 교수)

저자와의
협의하에
인지생략

꿈을 안고 비상하는 민들레 나래

2019年 12月 15日 초판 발행
저 자 서 미 정

발행처 (주)이화문화출판사
등록번호 제300-2012-230 주소 서울시 종로구 인사동길 12, 311호
전화 02-732-7091~3 (도서 주문처) FAX 02-725-5153
홈페이지 www.makebook.net

값 10,000원